JN241540

ともがら（朋輩）

中原文夫
Nakahara Fumio

作品社

ともがら（朋輩）

待合室の長椅子で初診受付から呼ばれるのを待っていると、社用携帯に社長から電話がかかって来て、明日の取締役会にはぜひ出席してほしいと、水野は遠慮がちに頼まれた。二年前、専務を退任して就いた取締役顧問のポストは経営の実務からまったく離れた名誉職だと水野自身も了解しており、この半年は会議のたぐいに殆ど出ていないし、今日も病院で診察を受けるので出社しないと秘書室には伝えてある。

しぶしぶ承諾の返事をして旅行情報誌を読んでいると、「オンジョージさん、オンジョージユウヤさん」と患者を呼ぶ女性職員の声が耳に触れ、水野は思わず受付カウンターの方をふり向いた。オンジョージ・ユウヤ、恩城寺勇也……学生時代の旧知の名前が不意に脳裏に浮かぶ。同じ下宿から同じ大学に通っていた同期生で、別に親しかったわけではなく、卒業後は一度も会っていないし、会いたいとも思わなかった男だが、同姓同名の珍しい人名だから、ひょっとしてあの恩城寺……と息を飲んで見守ると、再診受付のカウンターに長身の男が背筋を伸ばして近づいて行き、僅かに見えた横顔は四十年以上前の恩城寺を彷彿とさせる風貌だった。「水野陽介さん」と呼ばれ、つい大きな声で「ハイッ」と答えた時、カウンターに両手をかけていた恩城寺らしき男が首を回してこちらを見向いた。

水野はすぐに視線をそらし、そ知らぬ顔で初診受付のカウンターに行き、カルテの入ったファイルを受け取って二階の神経内科に急ごうとしたが、エレベーターの前に立っている時、後ろから肩を摑まれてふり向くと、血色のいい熟年の男が息を切らせ、「俺だよ、恩城寺だ。水野だろ、すぐ分かったよ」と人なつっこそうな顔つきで言う。頰のしわは目に付くが、精悍な顔立ちは学生時代と変わらず、十一月下旬なのにカラーシャツと薄いカーディガン、ジーンズという小ざっぱりしたなりは、ダークグレーの背広にネクタイを着けた水野と対照的だった。

懐かしさを殆ど感じない相手に「そうか、こんなところで久しぶりに会うとはな」と抑揚のない口調で応じると、恩城寺がいきなり近況を聞いて来たので、水野はそそくさと名刺を渡し、「急いでるから」と言ってのがれようとしたが、「へえ、何だかヒマそうな肩書だな」と切り出され、「まあな、週に三日、会社には行ってるけどね」と答えて、恩城寺には何も尋ねないままエレベーターに乗り込んだ。

翌日の取締役会では激論が交わされ、久しぶりに出席した水野も会社の直面する現実を改めて実感することになった。水野のような立場の者も出席を余儀なくされるのだから、先行きは楽観できるものではなく、安定的な収益を確保するための体質強化など、厳しい経営努力を迫られているのだ。大手電機メーカーのこの会社で、水野は技術者として家電開発部門の仕事に長く携わり、家電のデジタル化に大きく貢献したという自負があったし、実績にふさわしい栄達に満足していた。だが、一線を退いて社業に関わる緊張感から遠のき、私生活に浸る時間が増えるにつれ、会社への関心が急速に薄れてゆく。それは長年の精励で充分な功績を残した達成感と充足感があるからこそ、と水野は心得ており、これからはこれでいいんだと開き直る余裕があった。この日の会議でも、現場感覚の鈍った意見で周囲を失望させるだろうと覚悟していたが、役員たちの目にはかえって斬新な発想と映ったのか、大方の反応が肯定的だったのは意外だった。

会議を終えて十二階の自室に入った水野は、初冬の日差しを浴びる新宿の街並みを窓越しに見て席に坐り、おもむろに手帳を開いた。長女の晃子と会う約束の場所と時刻を確認しておきたい。水野には一人の娘と三人の息子がおり、来月、子や孫たちに囲まれた誕生会が予定されているが、幹事役の晃子とその夫から、会場となる六本木のレストランの下見に付き合うよう頼まれ、今日はそこで一緒に食事をすることになっている。

手帳を閉じ、応接テーブルの経済誌を取ってページをめくっていたら、内線電話に秘書室から連絡が入り、正面ホールの受付に恩城寺なる人が来て面会を求めているという。唐突な訪問には面食らってしまうが、昨日、病院で無造作に名刺を渡したのがまずかったようだ。「お渡ししたいものがあるそうで、用が終わったらすぐ帰るとおっしゃってますが」と告げられ、部屋に通すよう答えた水野は、苦りきった顔で窓辺に立ち、学生時代と変わらぬ恩城寺の気性に舌打ちするのだった。

都心に近い大学のそばにあった下宿の間借り人は恩城寺と水野だけ

だったが、大学は同じでも水野は工学部、恩城寺は文学部でキャンパスは少し離れていたし、たまに夕食や銭湯に連れ立つことはあっても、親しく付きあっていたわけではない。真夜中に大声でドイツ語の詩を読み上げる恩城寺に水野が怒鳴り込んだり、女子学生を水野が部屋に連れ込んだと恩城寺が家主に告げ口したり……二人の間に揉め事は尽きなかったが、恩城寺はそんな葛藤の後も涼しい顔で水野と関わった。恩城寺が水野の部屋から小型テレビを無断で持ち出し、水野が恩城寺を突き飛ばすほどの口論になった時も、翌日の夜、パチンコの景品の缶ビール六缶を抱えて、恩城寺は一緒に飲もうと言って部屋に入って来たものだ。

嫌われたり憎まれたりすることにまったく無神経で鈍感な男だから、このたびも病院での再会で彼なりに懐かしさを覚え、疎まれているとも知らず、思いのままやって来たのだろう。

ノックと同時に部屋に入った恩城寺は、窓辺に佇む水野に「ヨッ」と声をかけて右手を軽く上げ、応接テーブルのソファーにどかっと腰を下ろすや、ビニールの手提げ袋から一冊の本を取り出し、立ったままの水野に突きつけるように差し出した。何とも不躾なふるまいだが咎める気力も湧かず、ソファーで向き合って何も言わずに受け取ると、薄いハードカバーの造本で、白地のカバーに「歌集『秋津島』　恩城寺勇也」と記されている。

「秋津島って……どこの島だ、これ」

「何言ってるんだい、俺たちのこのニッポン国のことだよ。万葉集に出て来る歌言葉でな、大和にかかる枕詞として主に使われてた。俺、ちょっと短歌やってるもんでね、お前さんにこの歌集を贈呈しようと思って届けに来たわけ。去年、自費出版した第三歌集なんだ」

水野が黙って開くと、表紙裏に「水野陽介様恵存　恩城寺勇也」とサインペンで走り書きがしてあった。めくって行くと、短歌がゆったりした行間で並んでいる。

「春たけて読経ひびかふ不動尊散りぼふ桜の掌にさやりつつ」

「海浜に封切る手紙幸ひの前触れのごと風に揺れつつ」

「砂時計ひたに落ちゆく砂粒のその粒ごとの時のきらめき」

「一天にこの世の青の艶めきてひとりの今朝の陽だまりぞよき」

ゆっくりページを繰りながら、目に留まった短歌をたどたどしく音読すると、恩城寺が「俺のはすべて旧仮名遣いの文語でな、短歌というより和歌を詠んでるつもりなんだ。短歌結社と同人誌に参加してて、ま、いちおう歌詠みのはしくれのつもりさ」と口早にしゃべる。水野がわざとらしく腕時計を見て時刻を気にかけるしぐさをしても、恩城寺は少しも忖度する様子がない。更に、藤原定家が『近代秀歌』に書いた作歌の心がけを大事にしているとか、古典和歌も勉強しているなどと語り続けるので、水野は戸惑いがちに目をそらしてあんぐりとするばかりだが、恩城寺は「江戸時代の後水尾天皇にいい歌があるんだ」と言って、いきなり詠唱を始めるのだった。

世の中をきらくにくらせ何事もおもへばおもふ思はねばこそ

「あれこれ心配せず安気に暮らせってことさ。どうだい、天皇の和歌だと思えばなかなか味わいがあるだろ。俺に言わせりゃ……」

「ところで、おまえ、今、どうしてるんだ？　ほら、仕事のこととかさ」

恩城寺の声を遮り、話の勢いをくじくつもりで問いかけたら、恩城寺は鼻白んだ顔つきになり、山手線の駅からそう遠くないスーパーの駐車場で整理員をしている、と答えて息をついた。大学卒業後は大手の家具製造会社で経理畑一筋に勤め、定年後、親族の経営する小さな食品メーカーで会計や財務の仕事をしていたが、経営破綻で倒産したので年金生活に入り、週に三日のパート勤務をしているという。

「ま、気楽にやってるさ、そんなことより面白い話があってな。平安時代に藤原義孝って公家の歌詠みが死ぬ間際に、お経が終わるまでは北枕にするなって頼んだんだって。有難い読経で生き返るかもしれないと思ったんだね。ところが遺族が言われた通りにしなかったもんだから、亡者の義孝が母親の夢に現れて、『あれだけ約束したのに、私が三途の川から引き返すのを待てなかったのか』なんて恨みがましい和歌を詠んでるんだ。これ、死びとの歌なのに、『後拾遺和歌集』って勅撰集にちゃんと載ってるんだぜ。しかばかり契りしものを渡り川……え〜っと、その後は」

水野が呆れ顔で腰を上げ、恭しく歌集を額の前にかざして、「じゃ、遠慮なく頂いときます」とぎこちなく挨拶したのは、招かざる客に辞去を促したつもりだった。だが、恩城寺は動こうともせず、「お茶とか来ないなあ」と苦笑しながら呟くので、「俺が秘書に指示しなかったからだよ」とそっけなく応じると、「そうかあ、そういうことか。ところできのう病院で辛気臭い顔してたなあ、どこか悪いのか」と言いながらようやく立ち上がった。

「このところ手足が時々しびれてな、ゴルフもジョギングも控えてるんだ。こんなこと前にもあってすぐ治ったし、あまり気にしてなかったんだけど、息子らがうるさく言うもんで病院に行ったのさ」

「あのな、体のしびれだったら、いい漢方薬があるぜ。丸薬だから飲みやすいし、とにかくよく効くって評判の優れものだよ。うちに余ったのがあるから、何なら分けてやろうか」

「いや、いいんだ、病院で検査を受けて結果を待ってるところだし」

水野は作り笑いを浮かべて恩城寺をドアまで送りながら「そう言えば」と言いさして、声を呑み込んだ。うちの娘も結社とかに入って短歌を熱心に作ってたなあ……などとうっかり洩らせば、せっかく帰りかけたのを引きとめかねないし、この男とはほんの少しでも身内と接点を持たせたくない。恩城寺が「じゃましたな」と言って部屋を出た後、水野は貰った歌集を机の上に放りかけて思い直し、表紙の裏に書かれた贈呈の献辞を一瞥して鞄の中に入れた。


娘夫婦と待ち合わせた六本木のビストロは、簡素な造作ながら内装も採光も行き届いたしゃれた店だと水野は思った。

「五年前、私たちと一緒にイタリアに行った時、父さんのすごく気に入ったレストランがナポリにあったでしょ。ここ、あのお店にちょっと似てるんじゃないかしら。お誕生日祝いにはぴったりよね」

晃子がそう言って隣席の紘一に顔を向けると、区役所に勤める婿は「晃子が絶対ここだと言い張りましてね。今日はお義母さんも一緒に来ればよかったですねえ」と気遣うそぶりを見せる。中学生の息子と娘は期末試験の勉強で今日は来られなかったが、おじいちゃんに誕生日のプレゼントはちゃんと用意するとのこと。水野は紘一からそう聞かされて嬉しそうに頷いた。

晃子の弟たち三人にも二人ずつ子供がいるので、水野は六十代後半にして八人の孫に恵まれている。水野も四人の子も早婚だったことからこのような大家族となり、元旦は水野夫妻のマンションで子供ら夫婦や孫たちとにぎやかに食事をして過ごすのがここ数年の習いだった。三人の息子はみな中堅企業の勤め人で、時には四人のきょうだい同士の軋轢(あつれき)や葛藤があるのを水野は薄々知っているが、子供らとの関係は表面的には安らかで、みな親に対しては優しい顔を向けてくれる。普段は夫婦二人の暮らしだが、子や孫たちとの旅行や外出は数知れず、すべて彼らのきめこまかなお膳立てによるものだった。水野は四十代で父と母を亡くしたった一人息子なので、子供ら夫婦と孫たち十六人のファミリーを従えた族長のような気分が、とても大きな心の支えになっている。

「きのう病院に行ったんでしょ、父さん。で、どうだったの？」

「採血とＣＴの検査をやってね、詳しいことはまだ分かんないけど、先生の診察ではおっかない病気じゃないようだって言われたよ」

「とにかく気をつけなきゃね、後藤さんみたいにならないように」

晃子が触れたのは水野のマンションに住む小さな会社の経営者で、先週、還暦の直前に心臓疾患で急逝し、葬式は悲嘆にくれる母にかわって息子が取り仕切ったという。週一回、両親のもとを訪れる晃子は、顔見知りになったマンションの住人からそう聞いたと話し、水野は恩城寺が会社に来て喋ったことを、葬式の話から連想して思い起こすのだった。

あの野郎、お経が終わらないうちに北枕にされた公家の亡者が、母親の夢に現れて恨みがましい和歌を詠んだとか、何か気色の悪いこと話してやがったな。自慢の歌集を持って押しかけて来て、好き勝手に古典和歌の講釈なぞ垂れやがって、まったくいい気なもんだ。水野は恩城寺から進呈された本を鞄から取り出し、昼間の無遠慮なふるまいを反芻するかのように、苦りきった顔で表紙を眺めるのだった。

「あら、それ、歌集じゃない？　珍しいわね、父さんがそんなの持ち歩くなんて」

娘に冷やかされ、この疎ましい旧友と再会したいきさつを話したら、意外にも晃子は恩城寺の名を知っており、短歌愛好者の間で少しは知られた歌詠みだという。時折、短歌専門誌に作品や歌評が掲載され、結社の歌誌や同人誌で自作を発表する他に、ブログでも独特の歌論を発信しているらしい。

「父さんのお友だちだったの？　一度も聞いたことなかったね」

「そりゃそうさ、卒業以来ろくに思い出したこともないやつだから」

「恩城寺さんの歌ってちょっと古めいてて好きじゃないけど、ブログの記事が楽しいのよ。和歌の神様に命と引き換えに傑作を詠みたいって祈った歌人が、名歌を作ってほんとに早死にしちゃったとか、歌合せの時は死に物狂いの論争があったとか、古典和歌の面白いエピソードが色々出て来るのね。それにこの人、プライベートなことも信じられないくらい率直に書くの。私生活ではけっこう苦労してるみたいよ」

「どういうことだ、それ」

「知的障害のある三十代の一人息子さんがいて、身の回りの世話で手がかかるらしいの。奥さんは重い喘息で入退院を繰り返して認知症も少しあるって言うし、恩城寺さんが一人で家族の世話をしてるんじゃないかしら。そうそう、いなかから呼んで老人ホームに入れたお母さんが職員さんに乱暴するから追い出されそうだって書いてたなあ。それから、お父さんが三十年前、若い女と姿をくらましたきりで、今はもう生死不明ってのもあったし」

「そうか、色々と大変なんだな。でも、よくまあそんな深刻な話を次々とさらけ出すもんだな、読まされるほうだって辛いだろ」

「それがね、あっけらかんとして楽しそうに書くの。今日、細君が大切な歌語大事典をおしっこでびしょ濡れにしちゃいました。歌仙のぼくは使えなくて困ってます。金余りの誰かさん、寄付してくださ〜い……なんてね」

あいつ、俺には妙に余裕かましてヒマな話ばかりしやがって、そんなことは全然言わなかったな。二人のやりとりに口を挟まず黙々と食べていた紘一が、妻の腕をつついて目くばせをし、晃子は急に黙り込んだ。娘婿は何か言いたげに唇をうごめかして水野と顔を合わせ、「達夫さんのことですが」とためらいがちに水野の長男の名を口にしたが、「今日はやめときましょ」と晃子が呟くと、大きく息を吐いて目を伏せた。何やら不穏な事情がある気配だが、水野はこの場で何も知らされないのをよしとして、一切関わらないふうを装うことにする。そして再来週のゴルフの予定に話題をそらすと、紘一も笑顔を繕って応じるのだった。子供ら夫婦の内情や本心がどうであれ、水野自身と妻の平穏が確保されていればそれでいい。残された歳月の一刻一刻をつぶさに賞味する覚悟のほどは固く、そのためにこそ会社の役職から潔く身を引いたのだと自得しており、今後の楽しみに思いを馳せているのだ。余計な気苦労で邪魔が入るのは少しでも避けたかった。

金曜日、病院に立ち寄って「異常所見なし」という検査結果を聞き、昼過ぎに出社した水野は、正面ホールの受付に恩城寺からの預かり物があると知らされ、今朝の来訪時の行状を聞いて仰天することになる。受付の女性スタッフが水野本人の了解なしには受領できないと告げたら、恩城寺は「古い友だちだから」と言い張って引き下がらず、相手を面白がらせる雑談のつもりか、野放図にあれこれ喋りまくったらしい。学生時代、水野は悪酔いして大学の女子学生寮に侵入し、屋上で立小便をして一ヶ月の停学処分を受けたことがある、この会社の入社試験の選考でこの事がよくひっかからなかったものだ、などと笑いながら話し続けて帰ろうとしないので、連絡を受けた秘書室長が応対に来て品物を受け取ることでようやく収拾したというのだ。

　自室に入って紙袋を開けてみると、「安寧散」という名の小さな漢方薬の箱があり、

「年を経ば松の緑も褪すといふ吾がともがらよ身をいとへかし」

と毛筆で記された葉書大の和紙が同封され、隅に小さく「しびれに効きます。三週間お試しあれ」と鉛筆で書き添えられていた。出来事の経緯に激怒した水野は、それでもなぜか冷静に、恩城寺から貰った歌集の奥付に著者の住所が明記されていたのを思い出すことができた。幸い

歌集は机上に置いた鞄の中に入ったままだ。だが、電話番号を１０４番で尋ねてもその住所での彼の氏名の届けはなく、歌集の版元に電話で問い合わせても奥付の連絡先しか教えられないということだった。こうなったら、やつの家に押しかけるしかないな。どうせなら早いほうがいい……というより今すぐ怒鳴り込まなければ気が治まらない。住所表記からするとマンションのようだが、もし不在なら管理人に預けるとか郵便受けに入れておくとか何か方法があるだろう。

夕方の訪問客との約束をキャンセルし、返すつもりの薬を持って足立区の恩城寺の自宅まで社用車を走らせる。到着したのは荒川に近い住宅地にある五階建ての小さなマンションで、築年数の古そうなタイル張りの建物だった。オートロックのエントランスではなかったから、車を路上に待たせて中に入り、玄関ホール脇のメールボックスであらためて部屋番号を確認して、誰もいない管理人室の前を通り過ぎ、水野は慌ただしくエレベーターに乗った。だが、三階の恩城寺宅の玄関チャイムを鳴らしても何の応答もない。何度か押していると、狭い廊下を通りかかった中年の女性から「オンさん、今いないよ」と声をかけられた。恩城寺との親しさを思わせる口ぶりに、このマンションの近所づきあいの密な雰囲気を感じながら「どこに行かれたんでしょうね」と尋ねたら、水野を見咎めるでもなく、いつものように息子さんのところに出かけた、などとあけすけに話して去ってゆく。福祉作業所に通う自閉症の一人息子を迎えに行く時間だそうで、夫人は入院中で自宅にいないとのこと。女性は作業所の場所も教えてくれたので、水野は外に出て社用車の運転手にしばらく待つよう頼んでから、聞かされた道順に沿って歩き、商店の立ち並ぶ通りに入った。

ゆっくり進んで二つ目の角を過ぎ、たしかこのあたりのはずだが……

と独りごつ水野の目に入ったのは、前方から二人連れで歩いて来る恩城寺の姿だった。ほぼ同じ背丈の若者の腕をしっかり摑み、真剣な面持ちで何か言い聞かせている様子で、水野に近づいても気づくふうはなく、おそらく作業所からの帰り道だろう。「おい、恩城寺」と声をかけたら、親より先に息子が水野を見て驚愕の眼差しになった。水野の怒りは勢いがまだ鎮まっていなかったので、つい顔つきもけわしく語気も荒くなっていたようだ。若者は父親の腕をふり切って、ワッと叫びながらすぐ近くのコンビニへ駆け込み、恩城寺は慌てて息子の後を追った。何か不都合なことをしでかしたような負い目を感じ、水野もあたふたとコンビニに入ってゆく。

恩城寺の息子が壁際の雑誌コーナーで女性誌を摑み取るや、そばのコピー機に投げつけ、泣きながら自分の髪をむしり始めたので、父が「ユータロー」と名を叫んで背後から上体を抱きすくめたが、手足の激しい動きを抑えきれず、二人ともバランスを崩して通路をよろめき、棚にぶつかってチョコレートやクッキー、カップ麺などをフロアに飛び散らせた。何とか体勢を戻そうとして今度は別の棚に親子の上体が寄りかかったものだから、靴下やハンカチ、化粧品などが崩れ落ち、通りかかった若い女が悲鳴を上げる騒ぎになったが、店長らしき中年の男が駆けつけた頃には、ユータローは急におとなしくなり、無邪気な顔つきであたりを見まわすのだった。よく見ると父に似た精悍な面立ちで、澄んだ眼差しには無防備な柔らかさがあった。

「すみません、ごめんなさい、すぐ片づけますから、いやほんとに申しわけないことで、どうもどうも」

恩城寺は腰をかがめて深々と頭を下げ、ひたすら詫びの言葉を繰り返した。神妙なその姿は再会以来初めて目にするもので、会社に押しかけて来て一方的にしゃべりまくった時とは別人のようだ。呆然と眺めていた水野は「安寧散」の袋をコートのポケットに突っ込むと、散らかった商品をしゃがんで片づける恩城寺のそばに行き、「俺がやるから息子さんの相手をしてやれ」と耳打ちして、店長と一緒に品物を拾い始めた。恩城寺は黙って頷くと、立ち上がって息子に、「だいじょうぶ、何も怖がることはないんだよ」と穏やかな口調で声をかけたが、ユータローから反応はなく、片言で童謡らしき歌を口ずさんでいた。

恩城寺が腰を低くして丁寧に謝りながら店を出た後、水野は親子に付き添って彼らのマンションに向かう成り行きになった。息子の勇太郎がパニック状態になったのは水野の突然の呼びかけに驚いたからだと知らされたが、恩城寺の口吻にはなじるような気色は少しもなかった。マンションの前まで戻って「安寧散」をポケットから取り出した水野は、恩城寺の会社での非常識なふるまいより自分のかけた迷惑のほうが重いかもしれないと思い直し、「ああ、これだけどな」と言って口ごもるしかなかったが、恩城寺は来訪の真意を察したらしく、「とにかくまあ飲んでみろや」と応じて、「せっかく来たんだから、寄っていけよ」と言い添えた。

恩城寺がダイニングテーブルに麦茶のペットボトルと紙コップを置き、水野が席に着くと、勇太郎はカーペットの上に寝ころんで、楽しそうに笑いながら何やら独り言を呟き始めた。夫人は二週間前から喘息で入院しており、先日水野と出会ったのは、彼女の見舞いに訪れた折だったとのこと。部屋には丈の低いサイドボードと応接テーブルがあり、枕や毛布、ジグソーパズルなどが乱雑に置かれているが、夫人のために塵や埃をたてぬよう丁寧な掃除がしてあるらしい。応接テーブルの前にソファーがないのは、部屋をなるべく広く使って勇太郎を遊ばせたいからだと言う。退職金と在職中の蓄えで買った３ＬＤＫの中古マンションだそうで、恩城寺によると、現在はパート勤務の収入と厚生年金、僅かな貯金と息子の障害年金による身過ぎのようだ。

「ところで、お前、ちゃんと返し歌はしろよな。会社の受付に薬を預けた時、俺の詠んだ歌を付けといたはずだぞ」

だしぬけに言われて水野はうろたえた。

「返し歌って、何だ、それ」

「贈答の時は贈る側が和歌を添え、受け取ったほうは返歌をする。ま、これが雅びの作法ってもんだよ」

「あのな、俺たちゃ現代人なんだ、そんな昔の作法なんか知ったこっちゃないさ。それに俺、短歌のことはまったく分からないし」

「まあ、この際、短歌のお稽古でも始めてみろよ。どうせヒマにしてるんだろ?」

唇を尖らせて切り返す言葉を探していたら、「バタン」という音が耳に触れ、水野は一瞬はっとして息を飲んだ。恩城寺が何食わぬ顔つきで言う。

「お隣さんだよ、ドアをちょっと強く閉め過ぎたんだろ。椅子をひきずる音とか、時々生活の音が聞こえて来てな。そんなにうるさくないから勇太郎も慣れてるし、歌のネタになることもあるんだ」

　水野が黙って頷くと、恩城寺は奥の部屋へ行き、分厚い大学ノートを持って来た。

「新作をちょっと読んでくれないかなあ。折々思いつくまま書いたものでね」

　照れながら恩城寺が開いたページには、四首の短歌がボールペンで書かれていた。

「秋深き夜間飛行の遠き灯(ひ)を今日も小さく生きて仰げる」

「病室に妻を看取(みと)りし帰るさは信号の赤うたた濃きかも」

「子と吾の寒夕焼の坂道に風はこび来るショパンのひびき」

「さ夜中の無言電話に向き合ひて淋しき息に闇を聞きゐる」

　気が乗らぬままたどたどしく読み進み、最後の歌が気になってわけを聞くと、三十年前、女と逐電した父が一人息子の恩城寺の声を聴きたくてかけて来たようだと話し、「何を言っても答えないんだけど、荒い息遣いがかすかに聞こえてな、親父だとすぐ分かったさ。まだ、生きてやがったんだなあ」とうそぶいた。

　やがて正岡子規が『再び歌よみに与ふる書』で古今和歌集を不当に貶めたのはけしからん、などと歌論をぶち始めたので、水野が「外に車を待たせてるから」と言い捨てて引き揚げようとしたら、勇太郎がやにわに起き上がり、サイドボードの上の家族写真とおぼしきフォトフレームを摑んでフロアに投げつける構えを見せた。恩城寺は慌てもせず勇太郎に近寄って素早く腕を握り、摑んでいた物を手慣れたしぐさで指から離すと、ゆっくり元の位置に戻してから、「何も怖がらなくていいんだよ」と言って、三十代の息子の頭を撫で、いとおしそうに頬ずりをする。晃子や孫娘たちが見たら「いやだ、きもい」などと言いかねない光景だが、なぜか水野の目には新鮮に映って抵抗がなかった。こんな親子関係もあったんだ……。勇太郎は涼やかな無垢の眼差しで、微笑んでいるように見えた。

恩城寺の率直なふるまいに、水野はかえって余計な気遣いもなく勇太郎の実状を聞くことができた。三歳児健診で自閉症の診断を受け、精神発達遅滞も伴っているそうで、幼少の頃は夫婦であちこちの病院をめぐり、専門家の講演や療育研修なども必死の思いで受けたという。先天的な脳の機能障害から他者との関わりや意思の疎通が難しく、言動に強いこだわりを抱えていて情動も不安定なので、食事や排泄は自力で出来るものの、日常活動では家族の支えが必須になっているらしい。

勇太郎には理由の分からぬ行動が多いので、たった今のふるまいも水野とは無関係だと話し、息子を部屋で寝かして戻って来た恩城寺は、心の内を少しでも分かってやろうと努めて来たと言い、今度は鎌倉時代の勅撰和歌集の撰者をめぐる争いについて唐突に語り始めた。面食らった面持ちで玄関に向かった水野は軽く手を上げて別れ、普通のやりとりの出来ない男だとぼやきながら車に戻った。

正午を過ぎた窓辺からの見慣れた光景。実質的にリタイアしたつもりでも、会社の自室に来るとぼんやり坐るだけで落ち着いた気分に浸れるのは、長年の精勤で職場の匂いが染みついているからだろうか。

水野が入社したのは、石油ショックで景気が落ち込み、会社をあげて省エネ化技術に取り組んでいた頃のこと。苦境を背負って研究開発にいそしむ技術陣の一員として、若き水野も遅くまで残業の続く毎日だったが、会社の成長とともに活躍の場が広がり、社内での境遇は順調に上向いてゆく。幸いにも彼のいた家電開発本部は当時は会社の本流部門だったし、社内の有力な人脈に恵まれたことも大きかった。入社以来、目をかけてくれた上司が家電開発本部長となり、経営陣の重鎮にまで昇りつめ、何かと水野を引き立ててくれたのだ。これも我が身の人徳によるものので、つまり有能の証しだろうと自負しているが、そうした幸運に加え、技術者の立場から生産拠点の海外移転や技術提携に活躍した功績が高く評価され、水野はこの会社では異例の四十歳での部長昇進を果たしている。

若き日の社内恋愛による和江との結婚、厳しく叱責した部下の中途退職、関連会社の女性との不倫……などの転変も経て出世コースを邁進した水野は、会社人生の様々な功労の結果として今の平安があると、つくづく思うのだった。

今朝からこの部屋で受けた電話は、車の修理を任せた長男の嫁と、自宅の浴室の改装を頼んだ次男からの連絡だけで、こちらからかけたのは税理士をしている中学時代の友人と、デパートの時計売り場だった。週三日の通勤といえばあの男と同じだが、考えてみれば、恩城寺はパート勤務の他、子供の療育や夫人の看護、母親の介護や炊事・洗濯などに追われる多忙な日々の中で、わざわざ薬を届けに来たことになる。昨夜も妻の和江が「お礼しなきゃいけないわね」と言っていたが、ろくな付き合いもなく、他人を気遣う余裕などないはずの旧友からそんな心遣いを受けるのは、何だか鬱陶しいようでもあった。何か下心があるのなら、先日マンションで会った時、頼みごとをして来ただろうが、そんな気配は微塵もなかった。むしろあの折に垣間見た不器用な生き方はどこか誠実な匂いすら感じさせたし、とにかく自分にはよく分からない次元を生きている。

学生時代の恩城寺で思い出すのは、講義中の教室で老教授の政権寄りの政治的な姿勢を激しく批判し、糾弾する姿だった。罵りながら教壇まで駆け寄ったので、教授が教室から逃げ去ったのを覚えている。校舎の実力封鎖などの大学闘争を続けた全共闘運動はすでに終息していたが、恩城寺は彼らの思想に共感していたらしい。

恩城寺からすれば社会変革の動きに無関心な水野などは権力に従順な子羊のごとき学生だったろうし、彼のそうした視線は露骨に感じていた。一緒に下宿近くの銭湯に行った時など、洗い場の椅子に並んで腰かけた恩城寺は「まあ結局、お前みたいなやつの人生は損しないんだろうな」とシャンプーしながら呟いた。水野は「利いた風な口をききやがって。お前なんか線香花火だよ」と答え、互いに洗面器の湯を浴びせてわめき合ったものだ。三年生の終り頃に下宿を移った恩城寺とはその後、関わりはなかったが、大学本部の構内で出くわした時、向こうから呼びかけて来たので、卒業論文のことを少し話して水野はさっさと離れて行った。
何げなく机上のパソコンを起動したら、恩城寺からのメールを受信していた。返し歌を早くしろと催促するメッセージだった。水野はふと恩城寺のブログを覗きたくなり、名前で検索してみたら『歌仙恩城寺ささめごと』がヒットし、「趣味は和歌と家族」というプロフィールに続いて、古典和歌にまつわる話が書き込まれていた。

大江山いくのの道の遠ければまだふみも見ず天の橋立

『百人一首』に収められたこの和歌の作者・小式部内侍(こしきぶのないし)は大歌人たる和泉式部の娘です。そのせいで小式部は、ある歌合せの会が近づいた頃、権中納言・藤原定頼に人前でとんでもない嫌味を言われました。歌合せに出詠する歌は母の代作だろうとばかりに、定頼は丹後にいる母上に依頼の手紙はもう出したのかと尋ねたのです。すると彼女は「大江山いくの道の遠ければ……」の名歌を定頼の前で即座に詠みました。そして、母から手紙はもらっていない、つまり代作なんて頼んでもいない、という意味を含ませた見事な技巧で定頼の面目を失わせた――というのが一般的な解釈ですよね。でもこのエピソード、実は恋仲だった定頼と小式部内侍が密かに仕組んだ芝居だった、とする説があるんです。歌詠みとしての才能を妬まれ、小式部内侍の歌は母の和泉式部が作ってるんだろう、なんて噂されているのを気にかけた二人が、定頼を悪役に仕立てた演出で彼女の実力を見事に証明してみせた、というわけです。

「昔の恋もなかなかいいもんでしょ、じわっと来てもうたまりませんよね」と結んであるのを見て、水野は思わず噴き出しそうになったが、すぐに息を止めて目を伏せた。家族のために大変な苦労をしてるくせに、まるで別人みたいに古典和歌のウンチクを楽しめるなんて……こんなのありかよ。「なるべく早く返し歌をするよ」とメールで恩城寺に返信したら、しばらくして「返歌は和紙に書くもんだ。歌が出来たので送ります」という着信があり、短歌が一首添えられていた。

「冬晴れの光あまねき仕事場の独りのビール立ちて飲みゐる」

どうやら駐車場で整理員の勤めをしながら人目をはばかって缶ビールを飲み、携帯電話で水野とメールのやりとりをしているのではないか。恩城寺から薬に添えて贈られた歌を、返歌のために再読しようと、引き出しから取り出してみる。

「年を経ば松の緑も褪すといふ吾がともがらよ身をいとへかし」

年がたてば常緑樹の松の葉だって褪せて来るそうだ、おまえももう若くないのだから身をいとえよ、つまり体調に気をつけろよ……ということか。このメッセージに短歌で返事をするってわけだな。水野はおぼろに浮かぶ感懐をメモ用紙に書き連ねてみた。あれこれ思案するうちに、何とか五七五七七の形にまとまってゆく。短歌を作るのは高校の国語の授業以来のことだ。「これから返し歌を持って行く」と衝動的にメールしたら、恩城寺からすぐに了解の返信が来て、彼のいる駐車場の場所が記されていた。水野は秘書室に頼んで和紙を持って来させ、常備の毛筆で一気に返歌を書き上げた。

「ともがらと気安く呼ぶなでもしかし何だかんだで面白きかな」

社用車は使わず、社屋の前でタクシーを拾ってスーパーの脇の駐車場にたどり着いたら、恩城寺は開口一番、「お前って、ほんとにヒマなんだな」と、少しも嫌味を含まない素直な口ぶりで感心したように言う。広い駐車場で空いた区画に車を誘導する姿を見ると、合間を見つけて寒さにめげず、こっそりビールを飲んだり短歌を詠んだり、メールのやりとりをするなど、さぞ大変だったろうと思いやられた。やがて車の出入りがまばらになると、「いつか俺んちのマンションにも来やがったしな」と恩城寺が付け加えたので、「お前こそ歌集を持って会社に押しかけて来たじゃないか」と水野は言い返した。

「あれは忙しい時間をやりくりしてのことだ、ヒマだったわけじゃない。たまたま病院で久しぶりに出会ったからな。俺の名歌を見せてやろうと思い立ったのさ」

「あの後、もらった薬、悪いけどまだ飲んでないからな、必要ないみたいだし」

「あんなの、余りものをくれてやっただけだから、どうってことないさ」

言い合うのが面倒臭くなり、水野は鞄から返歌を書いた和紙を取り出して恩城寺に差し出した。

「おお、できたか」

恩城寺は微笑んで受け取り、ざっと眺めてから「ともがらと気安く呼ぶな、でもしかし、何だかんだで面白きかな」と、意味を噛みしめるように区切って音読した後、「いや初心者だからな、こんなもんだろ、いや面白い、実にいい」と褒めちぎった。恩城寺の提案で自宅のパソコンのメールアドレスを互いに教え合った後、「仕事はもうじき終わるから息子を迎えに帰るけど、その前にちょっと寄りたいところがあるんだ、お前も来いや」と言って恩城寺が水野の肩を叩く。駅への途中に不動尊があり、護摩焚きの時刻に合わせて、恩城寺は時折立ち寄っているそうで、水野は一緒に歩いてつき合うことにした。

駐車場を離れた頃に水野の携帯電話が鳴り、妻の和江から着信があった。シニア向けマンションの見学会のチラシを見たと、だしぬけに話し始めたので、恩城寺に聞こえるのもかまわず、そんな話なら家でも出来るだろうと叱りつけて電話を切った。このところこうした藪から棒のことがふえている。水野はふとそう感じて首を傾げるのだった。一ヶ月前にも晃子が電話をして来て、いきなり生前贈与のことを語り始めたので適当にいなして切ると、その後は顔を合わせてもまったくその件は口にしなくなり、水野も心にかけず時がすぎた。

剣を持つ不動明王の前で護摩木が燃やされ、読経の声と鈴や太鼓、鉦（かね）の音が混じり合って荘厳な音楽のごとく、不動尊の本堂に響きわたる。五人の僧侶による護摩祈禱を大勢の参詣者が畏まって見守る中、やがて聞き覚えのある「般若心経」の読誦（どくじゅ）もあって、水野は痺れるような興奮と悦楽に浸っていた。み仏がすぐそばにおられる……という体感。護摩壇に近い畳の席は参拝の人で埋まり、水野と恩城寺はその後ろのフロアに立つ人込みの中で、賽銭箱を隔てて正面の護摩行と向きあっている。すぐ横に佇む恩城寺をちらっと見たら、両手を合わせて祭壇をじっと見据え、身じろぎもしない。やがて護摩焚きが終わって人波がひいた後も、恩城寺は直立不動で合掌する姿勢を崩さず、水野は声をかけるのも憚られるような気がして、開いた扉のそばに立っていた。

恩城寺が突然、「やばいな、急がないと勇太郎の迎えに間に合わない」と言って慌ただしく本堂を出たので、水野もすぐ後についてゆく。恩城寺が境内で作業所に携帯電話をかけ、お辞儀のしぐさをしながら「すみません、少し遅れます、本当に申しわけないです」と詫びるのを見て、水野は会社に電車で戻ることに決め、秘書室に帰社時刻を知らせる電話を入れた。

山手線の最寄駅に向かって、恩城寺に少し遅れて路地を歩き、水野は不動尊本堂での快美な心地を思い返していた。そう言えば長男の達夫の高校時代にも同じようなことがあったな。達夫がキリスト教系の学校に進み、保護者として校内の聖堂でミサに参列した時のことだ。天井が高くてほの暗い空間。色鮮やかなステンドグラスから、柔らかな外光が洩れて来る。祭壇の中央には十字架のキリスト像、鳴り響くパイプオルガンの重厚な音色と聖歌隊の清らかな歌声、微かに揺れる蠟燭の火。荘厳な雰囲気に飲まれ、たまゆら水野は神のおわす気配をごく身近に感じながら、魂の喜悦を味わっていた。

信仰というのは理性よりも感性の力で得られるものではないか。あの時そう思ったことをつい口にしたくなり、後ろから恩城寺に話して聞かせたら、恩城寺は驚いたように立ち止まってふり向いた。

「お前って、信仰をただの美意識で見られるのか……そうか、そういうことか」

「だってそうだろ、理屈が分かって信じるっていうなら、ただの了解、納得じゃないかよ」

「いいな、ヒマに生きてるやつは、そんなことが言えて。羨ましいよ、ほんとに」

「あのな、恩城寺、たしかに今はヒマだけど、長い間、仕事でお前の知らない苦労をいっぱい背負って来たんだ」

「お前の知らない苦労か……よくまあ、ぬけぬけとそこまでのたまうよな」

駅の改札口を入ったところで、恩城寺が指をポキポキ鳴らし、「お前、新宿だから方向は反対だよな」と呟き、二人は言葉を交わさずホームまで歩いた。電車が滑り込んで来ると、恩城寺が大きく伸びをしながら聞き取れない声で呻くように言葉を吐いたが、「えっ、何だ?」と尋ねても黙って車両に入ってしまったので、水野は舌打ちしながらホームの反対側に目を向けた。あいつとはもう会うことはないだろう。なんでわざわざタクシーに乗ってまでやって来たんだ……もの好きな。


六本木で行われた水野の誕生会は、水野夫妻と子供四人のそれぞれの家族が集まり、晃子夫妻の企画で大いに盛り上がった。総数十八人でビストロを借り切って食事会を開き、バースデーケーキで祝った後、近くのレンタル・パーティルームに会場を移してからも、晃子たちの演出が水野を喜ばせる。若い頃の水野が和江と映った幾つかのビデオを次男の義夫がＤＶＤにダビングしており、それを備え付けのプロジェクターで観賞した時はみんなの笑い声が明るく弾んだ。孫たちはゲーム機で遊び、水野がカラオケでお気に入りの徳永英明の歌を延々歌い続けて拍手を浴びるなど、水野のファミリーは楽しい夜を睦まじく過ごすことができた。

和江と二人で帰宅した水野は、マンションの正面でタクシーから降り、「やあ、愉快でハッピーな夜だったなあ」と笑顔で妻と頷き合ったが、その時、心の底からやんわりとせり上がって来るものがあった。幸せな酔い心地に染み入る冷たい異物のようなものが脳裏の端を掠め、先ほどまでの充ち足りた気分がたちまち褪せて失せてゆく。子供らから貰ったプレゼントの紙袋を持ち、妻と並んでエントランスに入りながら、何とも言えぬ空しさに水野は少し戸惑っていた。

その後、恩城寺から音信はなく、晃子も彼の名を口にすることはなかったから、短い間の係わりはやがて記憶の中から薄らいで行った。水野は完全な引退を期して取締役顧問を辞任したいと会社に伝え、相談役にと慰留されたが辞退して、ようやく私生活だけの日々に入るのだった。

在職中の預金や退職金、役員退職慰労金などの充分な蓄えで暮らす日々のスケジュールを手帳で覗けば、ほぼ一ヶ月おきのゴルフをはじめ、小中学校や高校・大学の同窓会、水野が仲人を務める結婚式、三男が講演する信用金庫主催の経済セミナー、孫娘のピアノ発表会、元同僚たちとの同期会、役員ＯＢ懇親会、和江との伊勢志摩クルーズの旅、太極拳集中講座、女性歌手のコンサート、町内会のシニアボウリング大会、妻の友人たちとのカラオケパーティ……予定がかなり先まで詰まっており、その合間にはスポーツジムに通い、トレーニングやスカッシュで汗を流すことになっている。このほか美術館や博物館、プラネタリウムや水族館にも足を運ぶし、日帰りの人間ドックにも行かねばならない。私生活がやたらと忙しくなって来たのは、早々と余生の楽しみに入ろうとするもくろみが軌道に乗ったからだろうと、水野はほくそえんでいた。

こうして一年五ヶ月が過ぎ、ある日、動悸が続くので病院で診察を受けたら、不整脈が起きていると言われた。気にするような状態ではないとのことだったが、念のため心臓カテーテル検査をすることになり、三日間の入院をした。今のところ懸念すべき所見はないという結果を得て退院したが、三十代の頃に痔瘻（じろう）の手術をして以来人生二度目の入院だと思い至り、その後の水野は繁忙な余暇の過ごし方を控えるようになってゆく。

退院後一週間たって受診した折、帰りに病院の近くを歩きたくなり、水野は閑静な住宅地をぶらついてみた。小川に沿って続く道の片側に葉桜が連なり、木漏れ日が柔らかく届いて目を潤ませる。瑞々しい若葉を見て、水野は葉桜も悪くないと思った。散ってしまう花よりずっといい……と呟きながら見上げると青空の輝きがあり、涼やかな風が吹きすぎる。恩城寺なら短歌を詠みたくなるような情景だろう。先日、その恩城寺が久々のメールをよこしたが、「一年有半、歌集の感想いまだ聞かず」というぶっきらぼうな文面を、水野は冷ややかに眺めただけだった。歌集は幾度かページを開いてはいるが、古語の混じった文語の詠いぶりになじめず、まだじっくりと読んだことはない。

陽光を浴びながら人影のない静かな小径に入ると、白や赤の色鮮やかな花を咲かせたツツジの生垣が見えて来る。こんなひとときに詩情が湧き上がるような晩年って、あの恩城寺でなくてもけっこう多いんだろうか。自身の充実したこの一年もそうした生き方に負けてはいないと思うが、ひたすら楽しく過ごす日々にはさすがに飽きて来たようだ。小学生の頃、商工会議所の職員だった父に、水野は話したことがある。

「美味しいものを食べてる時はね、この美味しさがいつまでも永遠に続けばいいなって、いつも思っちゃうんだ」

「おいおい、永遠に続く美味しさなんて、そんなの美味しさとは言えないんじゃないかな」

父にそう言い返されたのが、ふと思い出されて来る。

静かな家並みの道をあちこち曲がって進むと、新緑の瑞々しさに満ちた公園の木立が目に触れた。水野は初夏の日差しを顔に受けて空を見上げ、学生時代に愛誦した詩の一節を思わず口ずさもうとした。文学に殆ど馴染まなかった水野が珍しく心を惹き付けられた詩集の作品だが、今はもう題すら思い浮かばず、ようやく口から出たのは「青い空は動かない、雲片一つあるでない。」という冒頭の部分だけだった。それでも青春期の感傷がにわかに甦って抒情が昂ぶり、水野は両手を大きく広げて深く息を吸い込んだ。

そうだ、思い出したぞ、中原中也の「夏の日の歌」だ。若い頃、この詩を読みながら涙をこぼしたこともあったなあ。懐かしい詩心に誘われた情動は心地よく上りつめ、やがて絶頂を極めようとしたが、胸の高鳴りはわけもなく急に萎えてしまい、「ほんとに、このままでいいのかよ、今のままで」という呟きが、じわじわと心の隙に浸みてゆく。水野はしばらく小首をかしげて佇み、気分が持ち直してから最寄りの駅に向かって引き返すのだった。

更に二週間後、病院で不整脈の検診を終えて帰宅すると、晃子が玄関に近い廊下に立って携帯電話で話していた。母さんに話したけどダメだったわ。玄関の水野を見るや「帰ってから話すね」と言って切ったので、相手は紘一だとすぐに分かった。「無茶をしなきゃ普段通りの生活をしていいって、先生に言われたよ」と話す水野に「そりゃよかった、長生きしなきゃあ」と答え、晃子は一瞬、何か言いたげな顔付きになったが、廊下の奥から和江が来るのを見て、「じゃあね」と二人に告げて玄関を出た。水野が今日の診察結果を和江に聞かせると、晃子と同じようなことを口にして安堵の笑みを浮かべたが、和江は他には何も語らなかった。

書斎に入るとパソコンに恩城寺から新たなメールが届いていたが、開く気にはなれず、水野はソファーにぼんやりと寝そべった。娘が妻に何を相談したのか分からないが、和江が水野にそのことを話そうともしないのだから、今はコップの中の嵐としてうっちゃっておいてもいいだろう。

水野は手持無沙汰で起き上がり、恩城寺のメールを受信したパソコン画面を見ながら「それにしても、しつこいやつだな」と独りごちて、何げなく書棚から歌集『秋津島』を手に取った。たまには本気で、あいつの浸ってる世界に目を向けてみるか。ゆっくりページをめくってゆくと、どことなく共感できるような一首が目に触れた。

「久にして勤めし頃の思はれて平均寿命までを数ふる」

定年だの還暦だのと、人は歳月の経過に合わせて世の中から勝手に役を割りふられているのかもしれない。恩城寺から受信したメールを覗く気になって開いてみたら、「サキちゃん、ありがとう、勝手に差し上げたんだから礼なんかいらないのに申しわけない。丁寧な感想、恐縮です」という別人あての文面があり、どうやら歌集を贈った相手に送るつもりで誤送信をやらかしたらしい。そう言えば俺は歌集の礼なんてしてしてなかったなあ。薬までもらってるし、何か送っとくか。かりにも名の通った一流企業の役員まで務めたんだから、それなりの品格ってものがあるだろうよ。

　思い立ったらすぐ動かなければ立ち消えになってしまう、というのがこの頃の行動パターンなので、水野は車を運転して近くのデパートに行き、和菓子の詰め合わせを恩城寺に贈る手配を済ませた。地下駐車場に車を置いたままデパートを出た水野は、この町に来れば必ず立ち寄るバッティングセンターに向かったが、入り口に近づいたところで胸が詰まるのを覚えて立ちすくんだ。体の動きを押しとどめるような衝動だが、息苦しさも動悸もなく、心臓疾患による症状ではないと水野には直感できた。もっと別の何とも言えぬ淋しさが、心底から訳もなく衝き上がって来る。何かが足りない、欠けている……。やるせない虚脱感にけおされ、バッティングセンターに入る興味も気力も失せた水野は、デパートの駐車場にうつろな眼差しで戻るしかなかった。

その後、水野は自宅に籠りがちとなり、何をしようにも気が乗らなくて、ぼんやりと過ごす日が続き、様子を知らされた晃子と三男の武夫が週末に訪ねて来た。リビングルームで、「母さんが話しかけても反応が鈍いし、食欲もあまりないみたいね」と晃子が言い、「ひょっとして老人性鬱病ってやつじゃないかな」と武夫の応じる声が、戸を開けたままの書斎に坐る水野の耳に届いた。聞こえているのも知らず、大きな声で姉弟は語り合っている。老人性のウツだと？ 俺はまだそんな年じゃないぞ。別に鬱っぽいわけじゃないし、これは病気なんてもんじゃない。「このまま進んで、まさか自殺ってなことにはならないよな」と武夫が話すのを聞くと、そんな衝動に駆られるわけがない、と叱りつけたくもなる。「父さん、まだ大丈夫だろうと思うけど、もし遺言でもあるんなら、今のうちよね」という不安げな晃子の声。

これから二人が書斎に来るような気がして鬱陶しくなり、急いでドアを閉めてロックしたら、携帯に電話がかかって来た。着信表示も見ず反射的に出たところ、耳に飛び込んだのはあの恩城寺の怒鳴り声だった。そう言えば、いつか彼の働く駐車場に行った時、携帯電話の番号も教えている。

「俺は歌集の感想を聞かせてくれって頼んだけど、お礼をしろなんて言った覚えはないぞ。余計なまねをしやがって」

水野の気遣いを口荒くなじった恩城寺だが、「でも、折角の好意だからもらっとくよ、有難うさん」とすぐ素直な口調に転じ、老人ホームの母親が他の入居者を叩いて大騒ぎになっている、などと近況を一方的にまくしたてた。どうやらその後の一年、家族をめぐる窮境は以前と少しも変わっていないようで、水野とも喧嘩別れをしたとは思いもしない話しぶりだった。

「何かとバタバタして、ろくに連絡も出来なくて日が過ぎてなあ、会社をやめた後、どうしてるか気にはしてたんだが、どうもねえ」

低い声でそう言って無沙汰を恐縮された時は、さすがに水野も呆れて言葉を返せなかったが、なぜか急に懐かしさを覚えて愚痴をこぼしたくなった。

「このところすっかり枯れちまってなあ、まだそんな年じゃないんだけど」

ふと洩らしたら、恩城寺は「あの定家卿だってそうだったからな」と言って、藤原定家の晩年の話を持ち出した。定家は余情妖艶の作風で知られる新古今和歌集の代表的歌人だが、高年に達して編纂した『新勅撰和歌集』は平明で枯淡な歌風を特長としており、彼の好尚が老いらくで変わったというのだ。

「定家さんも年を取ったら、華やかさより枯れた味を好むようになったってことさ。でも、『新勅撰和歌集』の時は七十三、四の頃だったと思うから、お前、古希が遠くないにしても、枯れるのちょっと早いな」

「そういう話はピンと来ないし、何だか違うと思うけど、まあいいだろ。それより、どうして俺が会社をやめたって分かったんだ」

「何言ってやがる、退職の挨拶状をよこしたじゃないか」

「あの葉書、お前にも送ったんだっけ」

「随分もったいぶったご立派な文面だったよ」

「あ、そうか、そうだっけ、物忘れもひどくなったみたいだな。実は最近、何だかちょっと変でね。子供らに老人性のウツじゃないかって心配されてる」

「まったく羨ましい御身分だな。俺なんかこの歳で毎日、子供の面倒みて家族らのことで動きまわってるから、それどころじゃねえ」

「あのな、悪いけど、今の俺はお前のことなんか知ったこっちゃない」

「そうかそうか、でもまあ、お前は自分のことでおかしくなってりゃすむんだもんな」

「おい、恩城寺、しゃべるのが面倒になった。話はそれで終わりなんだな」

「ああ、そうだ、用件は終わった、もう切ってもいいぞ」

水野が「じゃあな」と言い捨てて電話を切り、ドアを叩き続ける音に気づいて開けると、和江が晃子や武夫と不安げな面持ちで立っていた。


精神科で受診するよう妻や子供にせっつかれてもまったく受け入れない水野だったが、引き籠って孤立するのはよくないという晃子のはからいで、身内の付き添う外出に連れ出されるようになる。だが、長男の達夫一家と東京ディズニーランドに行った折などは、アトラクションや食事で息子や孫たちがはしゃぎ騒ぐさなか、しらけた顔で沈んでいたし、次男の義夫一家とＪリーグの試合を観戦した時は、鮮やかなゴールで場内が一斉に湧いて周囲が興奮しているのを、冷めた目で眺めるだけだった。三男の武夫の誘いで孫娘と三人で沖縄の離島に行き、白砂の渚を歩きながら碧い水面の輝きを眺めた折もそうだった。絵葉書を見るような光景に美しさは覚えても、心を揺する感動に届かない。美妙な絶景だと素直に受け入れられるのに、そうした抒情とまったく矛盾することなく、どこか充たされていないと感じる虚しさは、水野にはあまりに理不尽なことだった。

和江と二人で温泉に行くよう勧められて断ったのを機に、これ以上かまわないでほしいと水野は子供らに言い渡したが、彼らは父親がもはや尋常な容態ではないと決めつけ、精神科で受診しようと強く促した。だが、精神疾患を疑われていることが、水野には許せなかった。

「違う違う、孤独とか不安とかノイローゼとか、そんなもんじゃなくて、あくまでいっときの心理的な問題なんだ。病院に行ったり薬を飲んだりして治まるようなことじゃない」

時折しのび寄るぼんやりとした欠落感のようなもの……。だが、義夫に「ネットで色々調べたけど、そういうのも、お心の病気みたいだね」と言われた水野は、半ば無理やり和江と晃子に連れられて精神科の診察を受け、心理的ストレスによる心因性鬱病との診断を受けたが、処方された薬は頑として受け付けず、決して飲もうとはしなかった。勝手に病気と決めつけやがって、お前らに俺の心が分かってたまるか。

晃子は父のそんな手詰まりの状態に音を上げず、今度は短歌の入門書を持って家に来た。短歌の手習いを勧め、「恩城寺さんの弟子にでもなったら」と軽口を叩いて、晃子の所属する結社の歌誌を差し出し、「もう一冊あるからあげるわ」と言って、恩城寺の寄稿した短歌が載るページを開いてみせる。晃子に促されて恩城寺の新作十四首を覗き、その古風な詠みぶりに今の水野は苛立ちすら覚えたが、とっつきやすい作品も中にはあった。

「痛点といふものありて快点を持たざる肌に雨したたりぬ」

　これは目の付けどころが面白い、などと思って近くの歌にも目を移す。

「空の色ノートに猛(たけ)く塗りたくり自閉症吾子(あこ)天を指したり」

「微笑みて去りゆく君がめぐりには闇やはらかに黙(もだ)しゐるなり」

　こんな甘い恋の歌を想像で詠んだりする余裕が、あいつにもあるんだろうか。

「私のも載ってるんだから、ついでに読んでよ」

　首を傾げている水野をせっつき、晃子が誇らしげに自作の短歌を指さした。

「ひもすがら無為に過ごして夕焼けの空に向かえばムンクの叫び」

「好事あり空に叫べば流星に吸い寄せられて声は直線」

「パスワードどこかに忘れて来たようで自分の中に入れずにいる」

なんだ、こんなの俺だって作れるじゃないか、そうだろ、晃子。三首目の歌を見て声を上ずらせ、水野は詠歌に挑むつもりになって、長女のくれた短歌入門書と結社の歌誌を摑むや、勢い込んで書斎に向かった。

「情緒不安定になりやすいから興奮させちゃいけないって、先生おっしゃったでしょ」と和江が諭し、「でも、ほっとけないじゃない。認知症にならないか心配だって言われたしさ。達夫が今度、予防セミナーに行くことになってるけど、とにかく私たちが何とかしなきゃね」と晃子が答えるのが後ろから聞こえて来る。やりとりを聞いた水野には、彼らの言い草など今更どうでもいいように思われた。すっかり病人にされちまったけど、和江や子供らがそれで納得するんなら、面倒臭いから今はそういうことにしとくさ。

作歌のことでは何だか晃子の思惑に乗せられたような気もするが、とにかくやる気が出たことはやったほうがいいだろう。そう考えて熱心に読み始めた短歌入門書も、文語文法の心得などにうんざりしてすぐ飽きてしまい、翌日も午後から書斎の机で我流の詠歌に励んだが、いつか会社の自室で恩城寺の短歌への返し歌を何とか捻り出したようにはいかなかった。

少し眠くなったので後ろのソファーに腰を落とし、晃子が持参した短歌結社の歌誌を手に取って、恩城寺の新作には目もくれずにページをめくってゆくと、彼の過去の作品に言及した文章が目に触れた。恩城寺の所属する結社の主宰者が寄稿した批評のようで、「生き急ぐ地上のものを赤く染め空はかの世に伸びゆくらしも」という夕焼けを詠んだ恩城寺の短歌を冒頭で取り上げ、こういう歌こそ彼の真骨頂だと述べて、以下は恩城寺論らしき展開になっている。とても全文に目を通す気にはなれず、水野は所々を拾いながら読み進んで行った。

「恩城寺氏は第二歌集『至高家族』のあとがきで『思ふに存在の有限こそがあらゆる不幸の源泉であらう』と書いている」

「氏の詠歌の底流にあるのは、引き受けねばならない人生への堅固な意思である。『我がほかに何もたのまぬ意気にこそ力をねがふ朝明(あさけ)の散歩』（『至高家族』）は、その意味で考えさせられる一首だろう」

「歌会などで古典和歌の雅やかな話に触れる時の恩城寺氏のもの静かな語り口は、滋味溢れる優しさで聴く者を魅了し……」

水野は心地よい眠気が高まるさなか、ぼんやりと字面に視線を流すばかりで、内容は殆ど心にとどめなかった。

そんな水野も、三日かけて考え抜いた末、ようやく一首の歌をものにした。

「見上げれば空から雨が落ちて来て顔にかかりて目を閉じにけり」

出来たぞ、出来たあ、早速、恩城寺の野郎に見せてやるか……おっと、あいつは旧仮名遣いだったな。すでに夜の十一時を過ぎていたが、古語辞典を持たない水野は晃子に電話で教えを乞い、「閉じにけり」を「閉ぢにけり」と改めて、恩城寺のパソコンに嬉しそうに自信作を送りつけた。

こうしてみると短歌を詠むってのも悪くないもんだな、けっこう面白そうだ。俺だって、もし若い頃に始めて腕を上げてりゃ、案外あいつみたいにのめり込んでたかも……。中原中也の詩が大好きだった俺だ、その気になったらロマンチックな文芸の世界でも恩城寺に負けるはずがないさ。

そう言えば自分も少年の頃、美術の道を志したことがあったと、水野はうつむいて想い起こすのだった。芸大か美大に進んで油絵をやりたいと本気で考えたのは高校一年の頃だったが、油絵の学科は就職が難しいと担任の教師に言われ、親の説得もあって、悩み抜いたあげく志望を理系に変えてしまった。あの時の初志を貫いていたら、その後はどんな身過ぎになっていただろうか。芸術の方面に進んで、まったく別の現在があったとすれば、そんな自分は一体どんなものか。会社員の人生なんてどれもみな似たようなものだが、ひょっとして浮世離れをした孤高の境地を生きていたかも……。いやいや、和江や晃子、息子らやあの孫たちのいない世界なんてとんでもない。ちゃんと出世もしたし、やっぱり今のほうがいいに決まってるさ、これでよかったんだ。

書斎から廊下に出ると、和江はとうに眠りに就いたようで、家の中はひっそりと静まっている。何だか無性に喉が渇いて来たので、ペットボトルの麦茶を飲もうとキッチンに向かうと、風が大きな音を立ててリビングルームの窓ガラスに吹き付けた。部屋が僅かに揺れ、何かが後ろから水野の体を通って、すっと前方に吹き抜けて行ったような気がした。

その後、恩城寺から何の反応もなく三日が過ぎ、こんな内容のメールをあいつが無視するわけがない、と訝った水野は携帯に電話をしてみたが応答はなかった。まさか、このあいだの電話でヘソを曲げたとか……。そんなはずはないという確信が水野にはあった。やつはそんな尋常の神経の持ち主じゃない。何か手がかりになる書き込みがあるかもしれないと思ってブログを覗いたら、三ヶ月前から更新されておらず、先日の水野への電話より以前に、すでに中断している様子だった。あの時の電話では元気な話しぶりだったが、ずっとブログを放置せざるを得ない情況に追い込まれていたのだろうか。

ブログの最後の記事は「帝王ぶりの和歌」を論じたもので、国を治める天皇ならではの大らかな歌いぶりを舒明天皇の国見歌、後鳥羽院の和歌に即して説いており、後水尾天皇や昭和天皇の御製にも言及していた。

恩城寺がこの国の遙かな歴史との関わりで和歌を愛好していることが偲ばれ、水野は『秋津島』という歌集の表題に思い至るのだった。恩城寺の言いぐさでは家族のことで相変わらず多難な日々が続いたはずだが、自身の世過ぎとあまりにかけ離れた「帝王ぶり」の世界にも目が向いていたということか。恩城寺の中で極私の傷みと悠久の伝統とが何だか強引に繋がっているように、水野には思えてならなかった。でも、あいつを見てると、それがごく当たり前のことみたいだしな。

ブログでは記事の終りに、「偶成」として自作の短歌が三首添えられていた。

「柔らかに穏しく狂ふすべありやこの幾とせの血潮のさわぎ」
「目交ひにひともとの樹の燃え立つはルサンチマンの白日の酔ひ」
「幸ひは束の間でよしかく思はば豊饒の生ありけむものを」

更に一週間たっても返信は届かず、電話をしても圏外にあるか電源が切られているとのメッセージが流れ、水野の胸中で自作を見せたいという思いが微かな懸念に変わってゆく。ひょっとしたら、何かあったんだろうか。翌日、昼食を終えた水野は電車で足立区の恩城寺のマンションに向かった。前回と違って、玄関ホールからエレベーターに向かうところを管理人に呼び止められてしまう。友人として心配だから尋ねて来たと事情を説明しても通してもらえなかったが、管理人によれば恩城寺の生活は以前とまったく変わらないようだ。先ほど息子と出かけたが、遠出はしないはずだからすぐ帰るだろうとのことで、エントランスのそばで待つよう勧められた。

夫人は小康を得て自宅で過ごしているが、精神状態が不安定でご主人も苦労しているようだ、などと聞かされているうちに、恩城寺が勇太郎と一緒に入って来る。驚いたように口を少し開け、「オッ、なんだ、お前かあ」とそっけない言葉を吐くと、付いて来るよう目顔で促し、恩城寺は息子の腕を摑んでエレベーターの前に立った。今日は作業所が臨時の休みなので、勇太郎を近所の散歩に連れ出したらしい。恩城寺親子がいつ遊びに行っても受け入れてくれるキリスト教の教会が町内にあるという。

親子に続いて自宅に入り、リビングルームに行くと、隣りの部屋から夫人らしき色白の女性が出て来て、不意の来客に驚いたのか、化粧っ気のない面長の顔をゆがめたので、水野があわてて挨拶をする。恩城寺も説明のしようがないという顔つきだったので、「いや、よけいなことだろうけど、ちょっと心配になってね」と弁解がましく言うと、夫人は自分を気遣って来たのかと勘違いしたらしい。「そりゃ、どうもすみません」とようやく声を出して頭を下げた。

夫人は勇太郎の肩を抱き、ソファーのない応接テーブルの前で絨毯の上に並んで坐り、恩城寺に促されて水野も向かい合わせに腰を下ろす。ジグソーパズルで遊ぶ息子の横で、喘息の持病で入院していることが多いと夫人が言うので、それとなく様子を尋ねる口つきになった水野に、恩城寺が手を左右に振って人差し指を唇に当てた。病状に神経過敏になっているから余計なことは聞くな、という合図だろうが、夫人は夫のしぐさを見て、かえって不安げな眼差しになってしまった。

恩城寺はキッチンから運んだコーラとコップをテーブルに置いて奥の部屋に行き、いつか水野に見せた大学ノートを持って来て、夫人の前で開いてみせた。水野が腰を上げて覗いてみると、赤いサインペンで短歌が一首書いてあり、それを恩城寺が音読する。

「神経をゆるめてごらん一面の白の世界がほら見えて来る」

短歌にはこんな効用もあるのかと思って水野が頷いていると、夫人が突然、激しく咳き込み始め、痰の絡んだ喘息発作で苦しそうにうずくまった。恩城寺は戸惑った様子もなく、体を支えるようにして隣室に連れて行ったが、そこには治療薬や吸入器などが置いてあるらしい。

すぐそばで母の発作を見て興奮したのか、勇太郎が立ち上がって大声で何やら歌い始め、腕を摑まれた水野がつられて腰を上げると、背中を軽くぶたれてしまった。だが、なぜか水野に戸惑いはなく、愛らしくさえ思えて勇太郎の頭をやさしく撫でると、嬉しそうに抱きついて来て離れなくなった。笑いながら振りほどこうとしたら、髪を摑まれそうになったが、隣室から戻って来た恩城寺が「やめなさい、ユータロー、何も怖くないいんだからね」と言って抱きすくめ、「いや、すまんすまん」とたいして悪びれもせず詫びて、息子を奥の部屋に連れて行く。独り残されて呆然とする水野の目に触れたのは、テーブルに置かれた大学ノートの裏表紙で、和歌が一首、黒のボールペンで書き込んであった。

数ならで年経ぬる身は今さらに世を憂しとだに思はざりけり
俊恵（しゅんえ）法師

筆圧の強い字に惹かれ、手に取って見入っていると、恩城寺が戻って来た。

笑いながら頭を掻き、水野の視線の先を見て、「ああ、それね、『千載和歌集』に載ってる俊恵法師の述懐歌なんだ。ちょっと気にかかったからメモしといたのさ」と低い声で言う。述懐歌とは沈淪（ちんりん）の想いや老いの嘆きなどを詠んだもので、古典和歌では立派な題材になっている、この歌の意味は「不遇のまま何年もたったから、今さら世の中を辛いとさえ思わなくなっているよ」ということだ。淡々とそう話して恩城寺は水野の前に腰を据え、夫人の残したコップのコーラを一気に飲み干した。

「こんなこと、しょっちゅうあってさ、人さまに頭を下げっぱなしだよ」

「ところで今日は何か……さっき心配したとか言ってたけど、ひょっとして俺のことか」

恩城寺に聞かれて用件を思い出し、短歌を詠んでメールを送ったのに返信がなく、電話をしても応答がなかったことを持ち出すと、「あ、そうか、そんなことか。実は俺、それどころじゃなかったもんで、このところメールはまったく見てないんだ。携帯にかかって来ても、出るのが何だか辛かったしな」と答えて腕組みをした。十日くらい前、三十八度の熱が出て節々も痛かったので、ほんのいっとき寝込んだが、息子の送迎や妻の看護があるから体を休める余裕などなかったと言う。

「たぶん風邪だろうと思ってな、薬局で買った薬を飲んで、ちょっとしんどいのを我慢して頑張ってたら、いつのまにか治って、ちょうど今日あたりから元気になったところさ」

「医者にかからなかったのか、病院とかクリニックとかさ」

「そんなことして、もし入院するような病気だったら困るじゃないか。勇太郎や女房のことがあるしな。それよりさっき見てた俊恵法師の歌、どうだい。平安末期の人でね、別に好きな歌詠みってわけじゃない。俺のお気に入りは藤原俊成（しゅんぜい）、幽玄体のいい歌がいっぱいあるんだ。そうそう、お前さんの作品、早速これからパソコンで読ませてもらうよ」

恩城寺が声を弾ませて腰を上げ、書斎に水野を連れて行く。案内されたのは六畳ほどの洋間で、三つの書棚が本で埋まり、床のあちこちにも本が積まれて、短歌の雑誌が散乱している。古典和歌や短歌に関する書籍ばかりで、殆ど会社に勤めていた頃に買ったものだという。窓に面した机のパソコンを起動して、恩城寺は水野からのメールを開き、一週間以上も前に送られた短歌を音読した。

「見上げれば空から雨が落ちて来て顔にかかりて目を閉ぢにけり」

恩城寺はしばらく腕組みをして何も言わなかったが、やがて微笑みながら口を開いた。

「いや、なかなか面白い歌だな、実に素朴で心地がいい。この素直さは俺なんか見習わなきゃいけないよね」

何だか褒めてもらった気になれず、短歌のことだけでは俺にも妙に優しくなれるんだな、と水野は思った。

「そうだ、素朴と言えば、俺のこの歌もちょっと読んでくれないかなあ」

恩城寺が古びたノートを本棚から取って水野に差し出し、初期の作品を載せた資料だと言って、真ん中あたりのページを開き、鉛筆で書かれた一首をはにかみながら指差した。

「人恋ふる身となり多摩の丘ゆけばまぶしきかなや初夏(はつなつ)の色」

夫人と知り合ったばかりの頃、二人で多摩丘陵を歩いた時の歌だと言う。

「まだ若かったからなあ、恥ずかしげもなくこんな歌を詠んじまって」

そう呟きながらも得意げな恩城寺に感想を述べようとしたら、恩城寺の携帯電話が鳴ったので、水野は本棚に並ぶ「国歌大観」の幾つかの背を眺めてやりすごしたが、壁に半紙が貼られているのに気づいて近寄ったところ、太い毛筆の字が書きなぐられていた。

「真盛(まさか)りの内なる修羅を駆け抜けて手負ひの者はひた激しかれ」

何となく意味が分かるような気もして恩城寺にふり向くと、険しい口つきでやりとりを終え、老人ホームからの連絡だったと告げて、水野に向かって両手を合わせた。

「頼む、今日はもう帰ってくれ。おふくろがほかの入所者と何かトラブルを起こしたらしい。すぐ来てくれって言われたから、これから出かけなきゃいけないんだ」

半紙に書かれた和歌のことを聞くと、「ああ、それな、俺の歌だよ、興味半分で作っただけさ」と軽く答えて慌ただしく部屋を出た。そうか、ひょっとしたら、あいつの述懐歌ってわけか。水野がリビングルームに戻ると、グレーのブレザーを着た恩城寺が「車で行くから途中まで送ってやるよ、近くの駅に寄ってゆくからさ」と言ったので、「えっ、おまえ、車持ってたの？」と思わず口に出してしまう。恩城寺の経済事情を問い質すような言いかたを悔い、水野は唇を噛んだが、恩城寺は「ああ、色々経費がかかるけど、うちは家族のことで車がなきゃどうにもならんからな」と事もなげに応じるのだった。

　隣室から出て水野を指さし、「この方、どなた？」とむせながら尋ねる夫人に「あのね、おふくろのところに行くけど、すぐ帰って来るから勇太郎のこと、頼んだよ」と優しく諭して奥の部屋に行き、恩城寺は息子に何か話しかけている様子だった。一家を支えて奔走する旧友に日頃の苦労を想い見ながらも、なぜか水野は些かも同情や共感を覚えなかった。今は恩城寺を嫌ってはいないはずだし、現にこうやって安否を気遣って訪ねてもいるが、実情がよく分かってからも冷たく突き放すような心理が働き、助けようという気持ちは少しも湧かないのだ。案外、腹の底では憎んでいるのだろうか。それにしても、恩城寺と一緒にいる時の俺って何だか元気だな。和江や晃子が見たらびっくりするだろう。

駅へと車を走らせながら恩城寺は、「いけねえ、まだ出してなかった」といきなり声を張り上げた。結社誌や同人誌に作品を送る期限を思い出したからのようで、どんな時でも欠詠したことはないと恩城寺は声高に言う。だが、息子の療育や妻の看護の合間にいくらでも歌が湧いて来るなどと高言しても、お得意の古典和歌の講釈が出て来ないのは、さすがに今は事態が緊迫しているからだろう。

「お前んとこ、色々あるみたいで、大変そうだな」

水野はたいして思い遣るでもなく、なんとなく浮かんだ言葉を口にした。

「そうさな、俺が死んだ後、息子がどうなるか……なんて考えたりすると、ちょっとなあ。女房も今のままじゃどん詰まりになるし、おふくろは施設を出てうちに戻るかもしれない。そろそろ蓄えも底をつきそうだから、この車だって売らなきゃいかんし、俺んとこの一家、さてさて、この先、真っ暗闇で、いったいどうしたもんですかねえ」

茶化すように声を上ずらせ、急に黙り込んだ恩城寺に、助手席から横目を走らすと、うつむき加減の姿勢で何やら呟いては納得したように頷いている。口もとに浮かぶ不敵な笑みが妙にしたたかに見えて無気味だった。こいつ、いったい……。水野は生唾を呑み込んだ。まさか自暴自棄……それにしては乱れた様子もなく、目元の涼し気な横顔である。

「危ないじゃないか、ちゃんと前を見て運転しろよ」

水野の叱声に応えるように、恩城寺は少し火照った顔を上げて声を絞り出した。

「俺はな、悪いけど俊成卿の九十一までは生きることになってるんだ」

「別に何にも悪くないさ、勝手に生きてろよ」

「幸い長生きの家系だし、ま、それなら俺んち一家のためになるからな」

崇敬する歌人・藤原俊成の没年が努力目標になっているらしい。それが悲壮な覚悟というなら、こうやって口に出すのはこの男には似合わないと思ったが、いずれにせよ水野は冷ややかに見つめるばかりだった。

駅までまだ少し距離がある場所で恩城寺は車を停め、「ここで降りろ、俺は急いでる」とそっけなくせかすので、水野は降りて丁寧に礼を述べたが、恩城寺は目もくれずに挨拶もなく走り去った。


自宅最寄駅に着き、ロータリーの前に出てタクシー乗り場に向かおうとしたら、ポケットの中で携帯電話の振動があった。自宅の電話からの着信で、和江のかなり慌てた声が耳に響く。「どこにいるの？　いきなりいなくなったから、もうびっくりしちゃって」と言われ、「今、駅に着いたところだ、これからタクシーで帰るよ」と話している最中に和江から受話器を奪い取ったらしく、晃子の甲高い声が鼓膜を震わせた。

「母さんから連絡があって驚いちゃってさ、みんなで心配してたところなのよ。父さんがおかしなことになってるんじゃないかって」

何度も携帯に電話をしたそうだが、マナーモードにしていた水野は恩城寺の家では着信に気づかなかったようだ。自宅には二人の嫁たちが来ており、息子らも仕事が終われば駆けつけることになっているという。

「いったい何を騒いでるんだ、父さんが何をしようと勝手だろ？ちょっと出かけるくらいのことはあるさ、いい加減にしろ、俺はまだお前たちに心配される年じゃないぞ」

「そんなに怒鳴る元気があるなら大丈夫みたいね。駅前にいるんなら、そこにいて。北口でしょ、すぐ迎えに行くからさ。母さん、泣いてたのよ。行方がまったく分からないし、父さん、もう帰って来ないだろうって」

「おい、迎えに来なくていいぞ、迷惑だ」

電話を終えた水野は帰る気が失せてしまい、駅の近くをしばらく呆けたようにうろついた。周りからここまでかまってもらえる境遇が、今は煩わしくてしょうがない。でも、こういうのって恩城寺には信じられない世界だろうな。もっとも、あいつは負け惜しみの強いやつだから、俺のことそんなに羨ましいとは思ってないだろう。

すでに開店している居酒屋の暖簾を何気なくくぐると、幾つかのテーブルとL字型のカウンター席は五時前だというのに込みあっており、かなり前から飲んでいる様子の酔客もいる。商店の御隠居といった風貌の老人たちが坐るテーブルの近くで、水野はカウンターの粗末な椅子に腰を下ろした。在職中、昼間の立食パーティでアルコールを口にしたことはあるが、この時間での飲酒は珍しいことだ。そう言えば恩城寺はいつか駐車場で、整理員の仕事中にこっそり缶ビールか何か飲んでたな。家では酒を嗜む余裕はないだろうし、外出してどこかの店で飲むのもなかなか難しいのではないか。あの男を見てると、こっちが普通に暮らしていても、まるで何か儲けものでもしてるような気分にさせられてしまうけど、でもまあ、知ったこっちゃないさ。

店員に生ビールと若鶏の唐揚げを注文した時、マナーモードを解除した携帯電話の着メロが鳴り、また自宅からの着信があって長男の達夫が不機嫌な口つきで切り出した。

「父さん、薬を全然飲んでないんだってなあ。いったいどういうつもりなんだよ。今の先生とそんなに相性が悪いんなら、他の病院に行ったたっていいんだぜ。まだ駅の近くにいるのかい、早く帰っておいでよ。今日は朝からぶつぶつ言ってるうちに、急に姿が見えなくなったそうだね。こんなこと、もう四回目だっていうじゃないか。母さん、ひどく気にしてるよ」

「おいおい、勘違いするんじゃないぞ、出かけたのはみな用事があってのことだ。別におかしくなってるわけじゃない」

「あのね、こういう徘徊(はいかい)がふえると心配だって先生に言われてるんだ」

そばから和江が「徘徊なんて本人に言っちゃいけないって、先生がおっしゃったでしょ」と叱りつける声が聞こえ、達夫が「ウッ」と呻いて言葉を詰らせた。達夫と替わって次男の義夫がいきなり「父さんの靴にGPSをつけるって、みんなで決めたからな」と言い聞かせるように告げたので、水野は怒気を込めて「おい、勝手なまねをするんじゃないぞ。おまえら、俺を馬鹿にしてんのか、病人扱いしやがって、いい加減にしろよな。もうほっといてくれ」とわめくや、ボタンを強く押して電源を切った。

　荒い息を吐いて横を向くと、近くのテーブル席にいた初老の男女や中年の作業服の男たちがじっと水野を見つめている。みな怪訝な顔つきをしているのは、電話のやりとりで声が大きくなっていたからだろう。苛立ちながら前に向き直ったら生ビールのジョッキが届いた。ふた口ほど喉に流し込み、水野は切ったばかりの携帯電話の電源を入れた。くそっ、あいつらの電話のせいでとんだ恥をかいたな。怒りにまかせて自宅に電話をし、晃子が出たので怒鳴りつけようとしたが、のぼせ上がって喉から言葉を送り出せず、逆に娘のけたたましい声を一方的に浴びることになる。

「父さん、あんた、もういい加減にしてよね。いつもどれだけ私たちが迷惑してるか分かってんの？　今だって達夫も義夫も会社を早引けして駆けつけて、もうほんとに大変だったって言ってるわ。お願いだから、これ以上みんなを振りまわさないで」

先ほど義夫が水野に一喝されたことで、子供らの胸中に溜まっていたものが一気に溢れ出た、と言わんばかりの剣幕だ。日頃、自分や弟の嫁たちが水野のために母を助けて大変な苦労をしている、と口早に喋るのを水野は頬をひきつらせて聞き過ごしていた。

「みんな家事とか育児があるのに、しょっちゅう父さんの様子を見に来てさ、ろくに自分の時間を持てなくて困ってるんだからね。母さん、父さんのことが心配で心配で、こんなに苦しいんならもう死にたい、なんて言ってるわ。どうしてくれるのよ、まったく」

熱を帯びた晃子の尖り声が、水野の耳にうつろに響く。これくらいのことで死にたい、だと？　じゃあ、あの恩城寺の毎日は何だってんだ。俺がちょっと家を留守にしたくらいで騒ぎ立てる和江も和江だ、まったくどうかしてるぜ。父さんのせいでこのところ旅行にも行ってない、などと迷惑げにぼやく晃子の声を遮り、水野は喉をのたくるように言葉を吐き出して、ようやく声を張り上げることができた。

「うるせえ、黙れ、今日はもう帰らねえからな。今日だけじゃない、ずっと家には戻らねえよ。いいか、俺のこと探すんじゃないぞ、くそったれめ、お前らの顔なぞ見たくもない」

電話を手荒に切って舌打ちすると、カウンターの内側にいた女子店員が怯えたように水野を見てうつむいた。そっと周囲を見まわすと、好奇の眼差しが店内のあちこちから届き、わざわざ立ち上がって見向く者たちもいる。こっちを指差しながら隣り合って囁く姿も幾つかあり、水野は頬が火照って心臓が波打った。さっさと出てったほうがいいかもしれない。これ以上坐っていれば、ただみっともないだけだ。だが、逃げるしぐさを見せるのはかえって見苦しいように思え、立ち上がるのも億劫になる。ほんのいっとき品格を失ったとはいえ、かりにも大手の一流企業で役員を務めた人間だ。こんな安っぽい居酒屋で蔑みを受けるわけにはいかない。いやいや、晒しもので居続けるのはもっと恥ずかしいことだろう。そう思い直して腰を上げようとしたら若鶏の唐揚げが前に置かれ、水野はそそくさと箸に挟んでかじり始めた。サクッとした歯ざわりは心地よいが、今は食感を楽しむ余裕などあるはずもない。

周りから侮られているような気がして、しばらく体を強張らせていた水野は、ここは開き直る時だと思い立ち、背に浴びる視線を弾いてにらみ返すつもりで勢い込んで後ろに振り向いた。だが、彼の独り相撲をあざ笑うかのように、すでに誰の視野にも水野は入っておらず、何事もなかったような談笑の渦が目の前にあった。拍子抜けした水野は前に向き直って目をつむり、腕を組んでうなだれた。

ざわめきの中で男女の声が重なり合って響き、やがて気持ちも落ち着いたので、目を開いて顔を上げると、先ほど運転中に見た恩城寺の横顔がふと脳裏に浮かんで来た。ほんとにあのふてぶてしさにはまいるよな。薄笑いしながら呟いてたように見えたけど、そんな余裕が今のあいつにあるのかよ。大事なものでも確かめるように頷いたりしやがってさ。再び若鶏の唐揚げをかじりながら、とにかく今はひたすら恩城寺のことを考えて気持ちを少しでも楽にする時だと水野は思った。あいつを思い出してると、何となく自信を取り戻して元気になれるような気がする。

ま、たくましくってご立派なもんだぜ。先の展望がまったく見えず、どん詰まりで生きあぐねてるくせに、そんな自分を平気で受け入れて踏ん張るしぶとさと来たら、もう呆れるほどの馬力だな。一家の先行きに救いがないとか思い詰めてるらしいけど、それだったら、あの妙に居直ったような不敵な面構えはいったい何なんだ。ブログ書くのも半端じゃないし、あいつの屈託のなさも、どうやら痩せ我慢や負け惜しみなんかじゃなさそうだ。虚勢を張ってるようには見えないし、むしろわけも分からずこっちがけおされて、いつの間にか気おくれしているような、縮こまっているような、後ずさりしているような、畏まっているような、あの図太さに気を呑まれているような……。

箸を持つ手の動きを止めて、水野は思わず息を飲んだ。脳天に何かが突っ込んだように、頭の芯がにわかに熱くなる。ひょっとして、まさか俺は……あいつのこと妬んでるんじゃないだろうな。すぐそばから楽しそうに浮かれる女の嬌声が飛んで来た。店内には賑わしさと騒がしさが溢れている。そうか、恩城寺が羨ましかったのか……だから同情できなかったんだ。

学生風の数人の男女を男性店員が甲高い声で迎え、水野のいるカウンター席に案内した。長髪の男が「今日はみんな、お疲れさん」と声をかけ、真っ先に水野の隣に腰を下ろす。水野は唐揚げを手で摑んでかぶりつき、ジョッキのビールを一気に飲み干した。あいつがいつも味わう苦さの中ではきっと、俺には見えないものが見えてるんだろうよ……。女性店員が壁の上方にあるテレビの電源を入れ、ニュースの映像に客たちの視線が注がれた。タバコの煙がどこからか漂って来て水野の顔を包む。

そばを通る男性店員にか細い声で二杯目の生ビールを注文した水野は、大きく息を吐いて肩を落とし、やりきれない脱力感から、しばらく身じろぎをしなかった。カウンターに置いた携帯電話の着メロが鳴ったが、さわる気力もなく放っておいたので、徳永英明の曲「レイニーブルー」が流れ続け、隣りに坐る長髪の男子学生が迷惑そうに水野を見て舌打ちする。すっかり弱気になっている水野は慌てて電話に出てしまい、赤子をあやすような達夫の猫撫で声がやんわりと耳に触れた。

「あのね、父さん、ちょっと聞いてくれるかな。あちこちうろついて事故とかトラブル起こしたら、ただじゃ済まなくなるんだよ。個人賠償責任保険ってやつにまだ入ってないんだからね。うろつき回ってるうちにケガをさせたり、物を壊したりしたら損害賠償がけっこう大変だ……なんて話を会社の同僚から聞いたことがあってね。あ、それから車の運転はもうやめようよ、操作ミスの事故が最近よく問題になってるしね。分かるでしょ、父さん、長男の立場から言うんだけど、もしとんでもないことになって、それで俺たちに借金残すようなことがあったりしたら、ちょっと困っちゃうしなあ」

水野は何も言わずに聞き流し、息子の声は殆ど意味を残さず頭の中を通り抜けてゆく。返事をしない父親に苛ついたのか、達夫の口調が一変した。

「おい、父さん、今、一体どこにいるんだい。すぐ迎えに行くから、とにかくうちに帰って、この際これからのことをよく話し合おうぜ。まさかどこかで酒でも飲んでるんじゃないだろうな」

　喋り続ける達夫にかまわず、鈍い手つきで電話を切る。やがて届いた生ビールのジョッキに口をつけた時、メールの着信音が鳴ったので開いてみたら、「早く帰って来て、何も怖がることはないのよ」という晃子からのショートメールだった。恩城寺が息子をなだめる時の言い回しとおんなじだな……。その恩城寺からもショートメールが一通届いていることに気づいて、水野は息を飲んだ。五分前の着信で、「今日は来てくれて有難うよ　恩城寺」とだけ書かれており、老人ホームの母親の事情は不明だし、どこから送信したかも分からないメールだが、今の水野の姿など考えも及ばず、家族のためにせわしなく動き回っているのだろう。とても返信する気にはなれなかったが、恩城寺のぶっきらぼうな文面を眺めたことで、もやもやと鬱屈したものが何となくふっ切れたような気もして、水野は二杯目の生ビールを喉に勢いよく流し込んだ。

まろやかな酔い心地が高まるにつれ、緊張が和らいで神経の働きが鈍くなってゆく。見まわしても近くに店員がいないので、厨房の女性に「あん肝ポン酢と冷やしトマト、お願いね」と声をかけ、水野は火照った頬を両手で包み込むように撫でた。独り酒が更に進み、三杯目のジョッキを半分飲んだところで大きく伸びをする。今や生身の隅々まで、酒酔いの快美な熱気が染みわたっているようだ。

メールの着信音が鳴り、開くと晃子からの二度目のショートメールが届いていた。「お酒飲んでるのね。お願い、今すぐ帰って来て」という文面に舌打ちしながら電源を切り、三方の壁に貼られた品書きを眺めていると、後ろのテーブルで談笑する老人たちの声が大きく耳に響いて来た。今日は近くの神社の縁日らしく、これから行って楽しもうなどと大いに盛り上がっている。「うちの孫、屋台のチョコバナナが大好きでな、三つも四つも食っちまうんだ」と声をうわずらせる老人と目が合って、思わず会釈をしてしまう。いや、こういう店もいいもんだ。ジョッキのビールを殆ど飲み切って頷く水野だったが、酔いしれた頭の中には心地よい興奮が渦巻いている。やがて昂ぶった感興のおもむくまま、短歌らしきものが脳裏にむらむらと湧き起こって来た。カウンターに伝票と一緒に置いてあった鉛筆を取り、割り箸の包み紙にそそくさと書きつける。

「バナナだって刃物になるさ八月の今日は縁日さあお祭りだ」

やけくそになって閃いた面白半分の戯れ歌だった。ちょっと下品だけど、出来は悪くないし、そうだ、恩城寺に見せてやろう。酔いの勢いに乗ってショートメールを打とうと思い立ち、再び携帯電話の電源を入れた水野は、その恩城寺からの一分前の受信に気づくことになった。「ともがらよ、くたばりかけたら言って来い。それまでこっちは忙しすぎる。恩城寺」と書かれたショートメールだったが、これを見て水野は恩城寺に送信する歌を変えようと思い直した。

「ともがらと気安く呼ぶなでもしかし何だかんだで面白きかな」

いつか恩城寺から漢方薬に添えて短歌を贈られ、会社の自室で何とかこの返し歌を作り上げたものだ。いや、実にいい歌だな、よく出来てる、さっきの歌よりずっといい。恩城寺がこの歌を見て褒めたのは決してお世辞ではなかったと、水野は今にして思うのだった。

著者略歴

中原文夫（なかはら・ふみお）

昭和24年、広島県に生まれる。
一橋大学卒業。元出版社勤務（雑誌・書籍編集）。
元早稲田大学大学院政治学研究科非常勤講師。日本文藝家協会会員。
平成6年、「不幸の探究」にて、第111回芥川賞候補。
著書に、小説『言霊』、『霊厳村』、『不幸の探究』、『土御門殿妖変』、
『神隠し』（所収短篇作品がオフィス北野で映画化、フジテレビでドラマ化された）、
『けだもの』、『アミダの住む町』、
歌集『輝きの修羅』、句集『月明』などがある。

ともがら（朋輩）

二〇一九年一〇月一〇日 第一刷印刷
二〇一九年一〇月一五日 第一刷発行

著者 中原文夫
装幀 小川惟久
発行者 和田肇
発行所 株式会社作品社

〒一〇二-〇〇七二
東京都千代田区飯田橋二ノ七ノ四
電話 （〇三）三二六二-九七五三
FAX （〇三）三二六二-九七五七
振替 〇〇一六〇-三-二七一八三
http://www.sakuhinsha.com

本文組版 米山雄基
印刷・製本 シナノ印刷㈱

ISBN978-4-86182-780-8 C0093

◆作品社の本◆

不幸の探究

中原文夫

平凡な生活者を突然襲う不幸の数々。苦悩に耐えた男には他者への無上の好意が膨らむが……。善意が悪となり、傍目の不幸も幸せとなる、端無くも空転する人間関係の在り様を軽妙に描く、芥川賞候補の表題作を含む気鋭の珠玉の作品集。

アミダの住む町

中原文夫

町の人から愛されるこの老人は度が過ぎた善人だが、どこか謎めいていた。日本文藝家協会編『文学 2011』収録の表題作等、奇妙なテイストで人間の不確かさを炙り出す9篇。この世の日常には不可思議な闇、誰にも見えない毒がある。

神隠し

中原文夫

高校二年の秋、麗子の父は突然失踪した。「趣味は家族」が口癖だった父親は本当に蒸発したのか……。表題作の他、平穏な日常に突然訪れる破調の諸相を描き、人間の心の奥の不可思議を妖しくつむぐ異色の作品集。